La bella durm

Sleeping Beauty

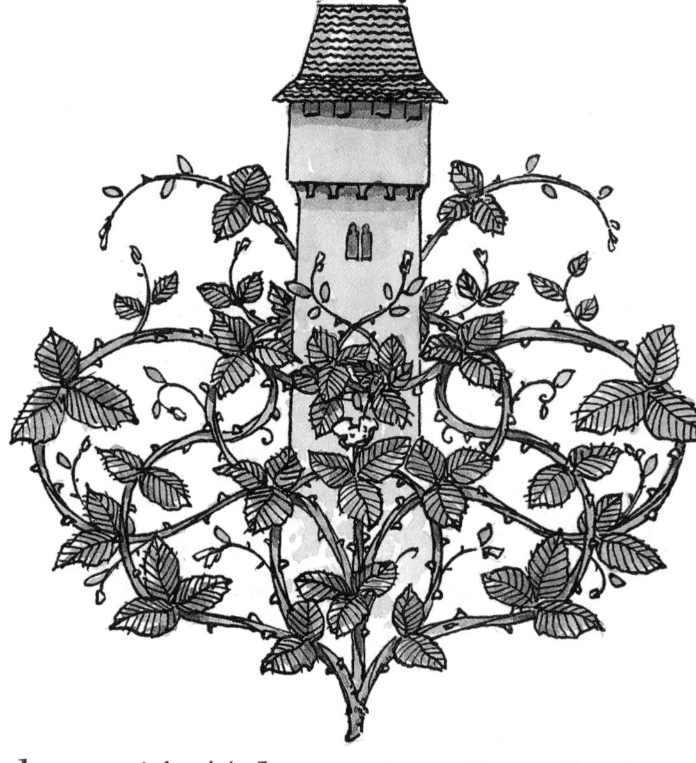

Adaptación/*Adaptation:* Luz Orihuela

Ilustraciones/*Illustrations:* Jordi Vila Delclòs

SCHOLASTIC INC.

New York Toronto London Auckland Sydney
Mexico City New Delhi Hong Kong Buenos Aires

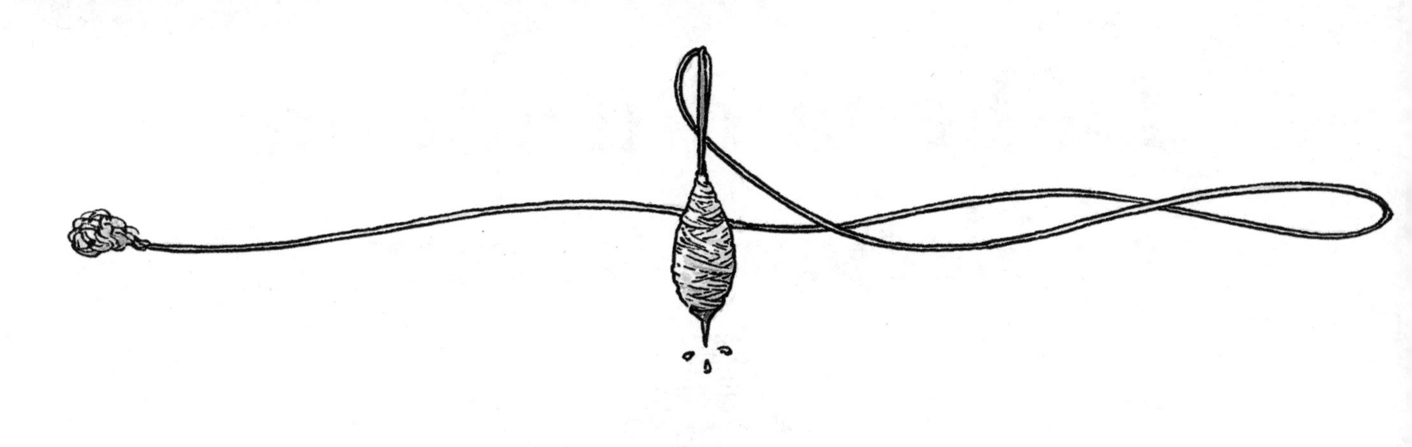

Hace mucho tiempo, en un castillo muy lejano,
un rey y una reina tuvieron una hija muy hermosa.

*A long time ago, in a castle in a faraway kingdom,
there lived a king and a queen.
They had a beautiful baby girl.*

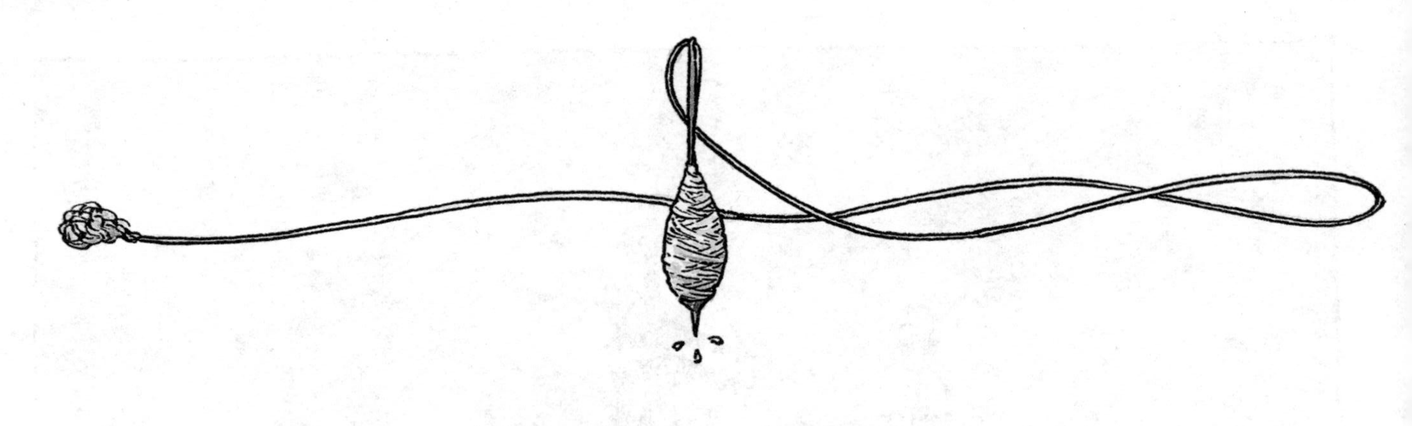

Para celebrar el nacimiento de su hija,
dieron una gran fiesta a la que invitaron
a todas las hadas del reino.
Cada hada le otorgó un don a la princesa.

The king and queen had a big party
to celebrate the birth of their daughter.
They invited all the fairies in the kingdom.
Each fairy gave the princess a gift.

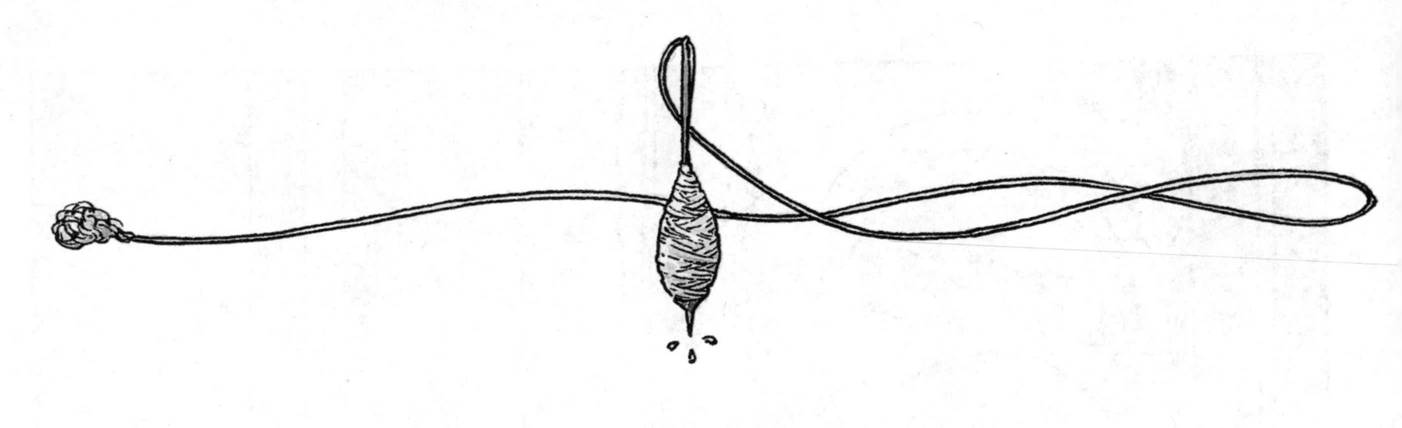

Pero en el reino también vivía una
bruja malvada que no fue invitada.
Esta bruja se enojó tanto,
que fue a la fiesta y maldijo a la princesa.

In the kingdom, there also lived a mean witch.
She had not been invited to the party.
The witch was very mad.
She went to the party to cast a spell on the princess.

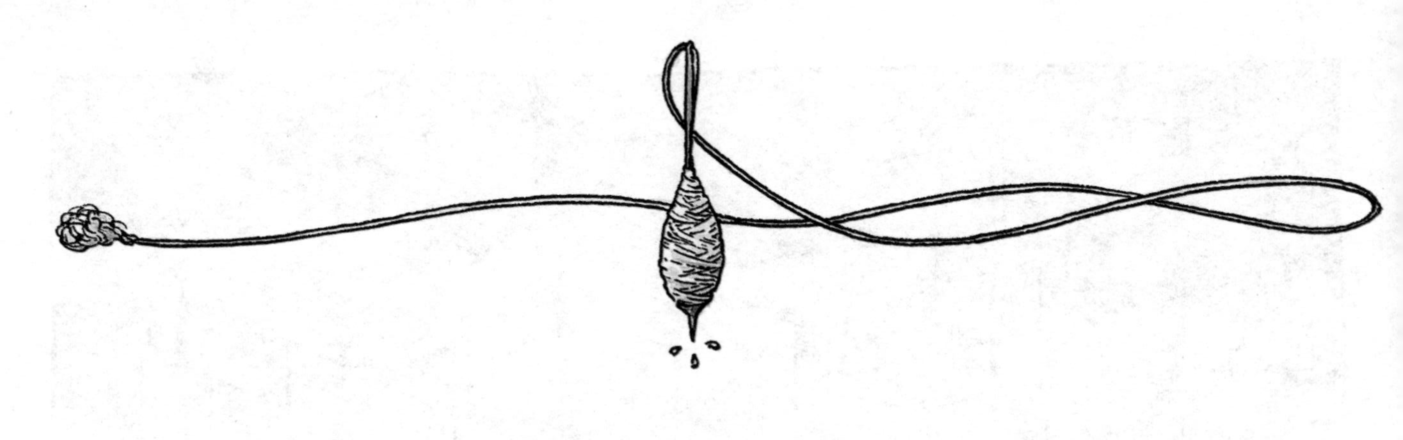

—Cuando seas mayor, te pincharás con la punta
de un huso y morirás —le dijo a la princesa.
Y una vez pronunciado el maleficio, desapareció.

*"When you grow up, a spindle will pinch you.
Then you will die," the witch said to the princess.
Then the witch disappeared.*

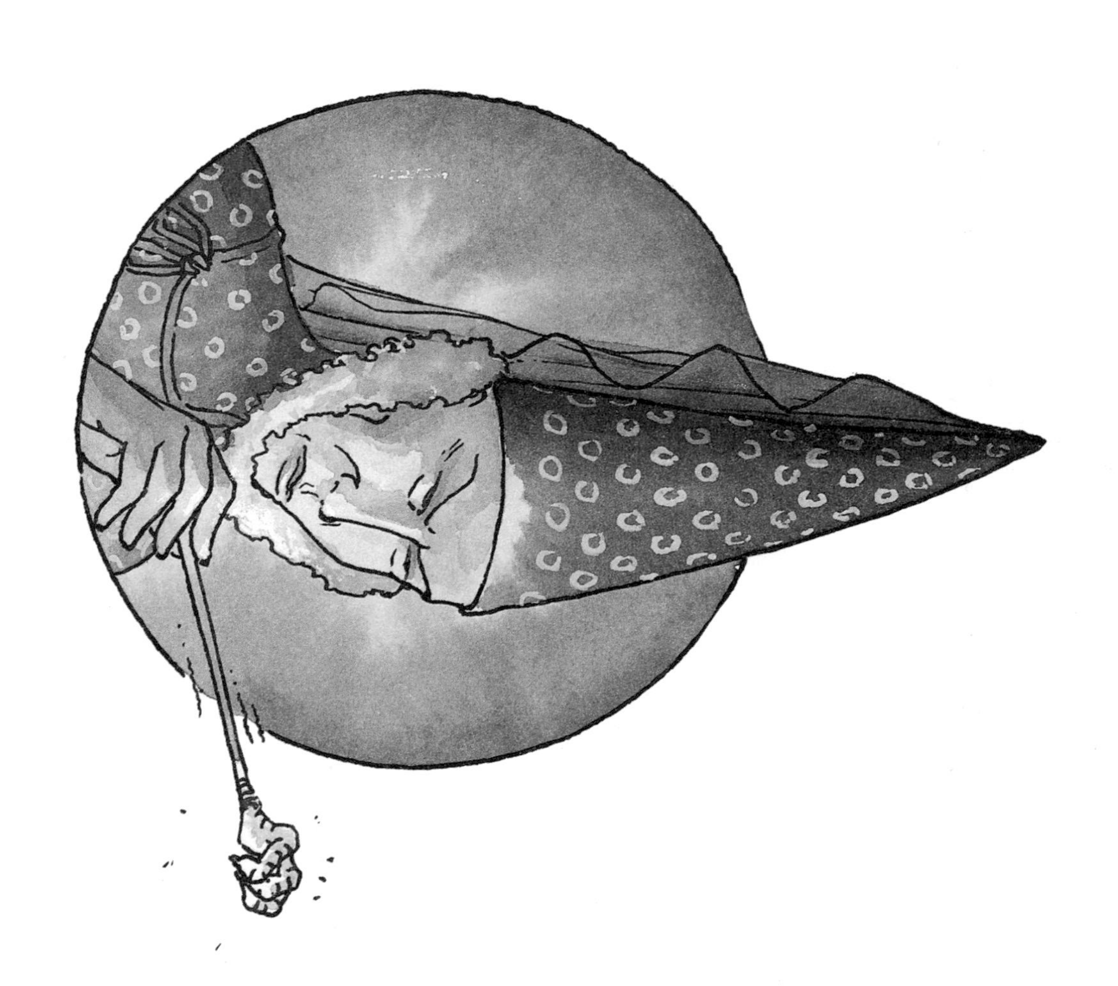

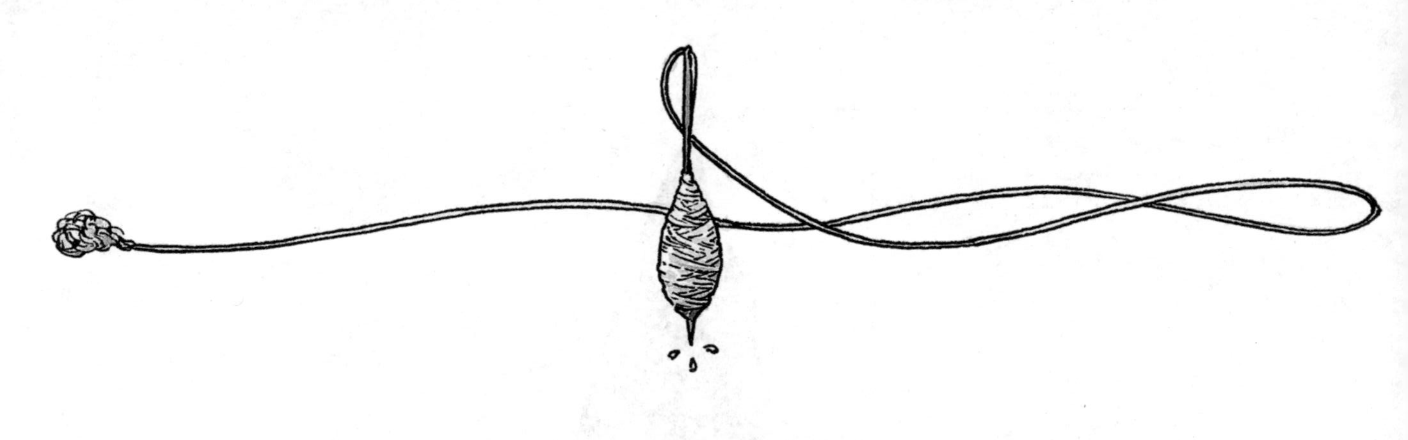

—No morirás, dormirás un sueño profundo hasta que un apuesto joven te despierte con un beso de amor —dijo una de las hadas.

"You will not die from the pinch," said one of the fairies. "You will sleep until a handsome young man wakes you with a kiss."

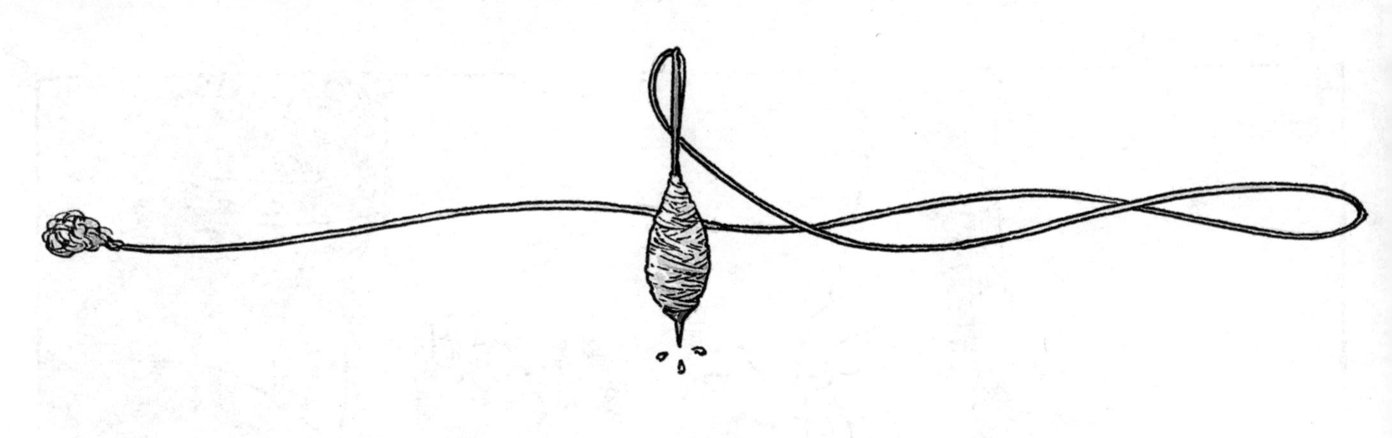

Ese día, el rey ordenó quemar todos
los husos del reino.
Nadie volvió a hilar jamás
con un huso en aquellas tierras.

*That day, the king ordered that
every spindle in the kingdom be burned.
Nobody in the kingdom ever used a spindle again.*

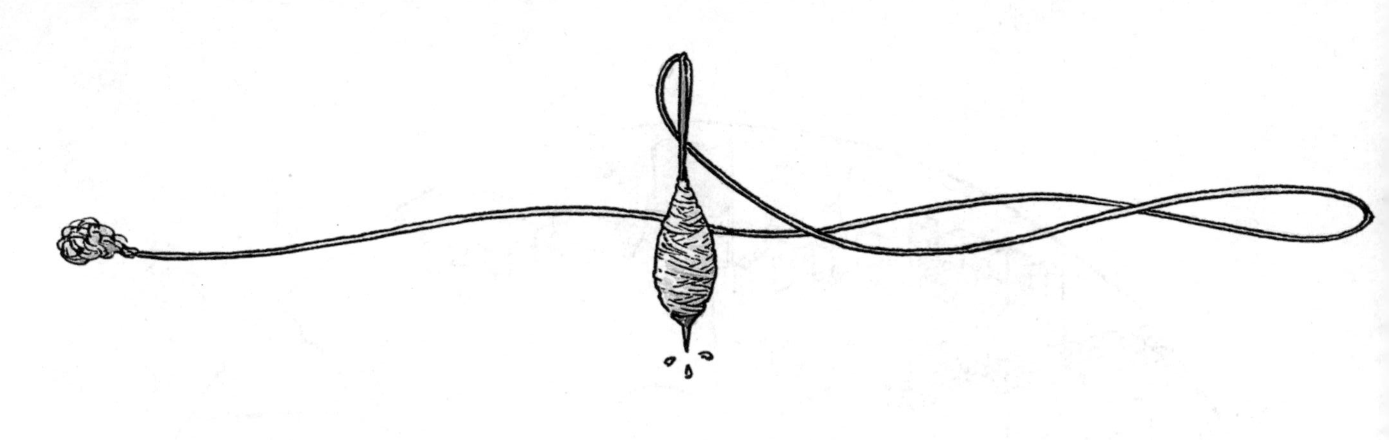

Al cabo de unos años, cuando la princesa
ya era una hermosa joven,
fue al torreón más alto del castillo.
Allí encontró un huso olvidado que se salvó del fuego.

Several years later, the princess
was a beautiful young woman.
One day, she went to the highest tower in the castle.
There, she saw an old spindle that had escaped the fire.

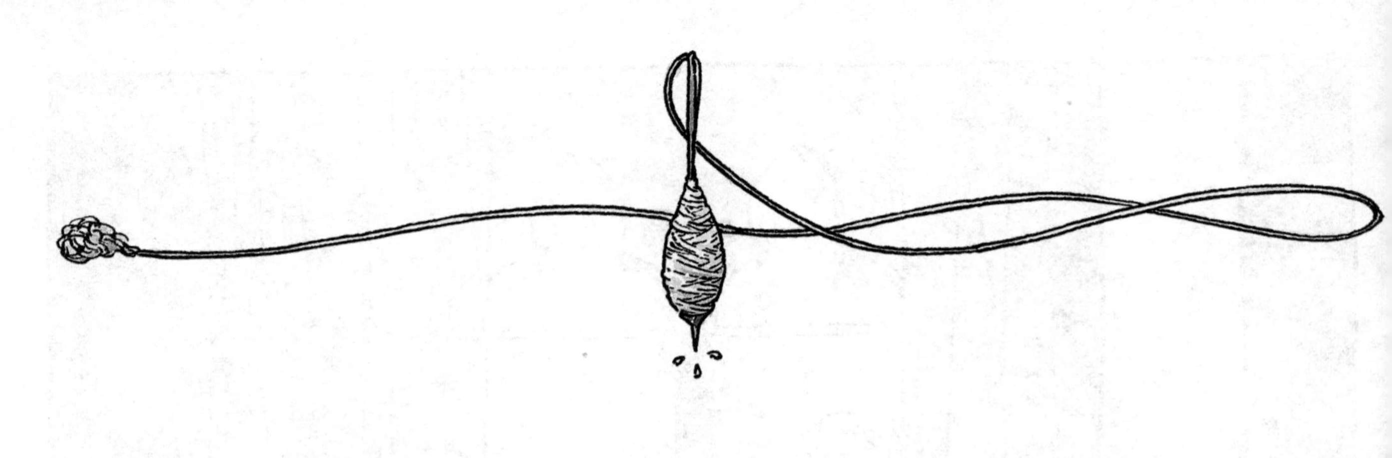

La princesa agarró el huso y se pinchó.
Entonces, tal y como decía el maleficio,
quedó profundamente dormida.

The princess grabbed the spindle and it pinched her.
Just as the spell said, the princess fell into a deep sleep.

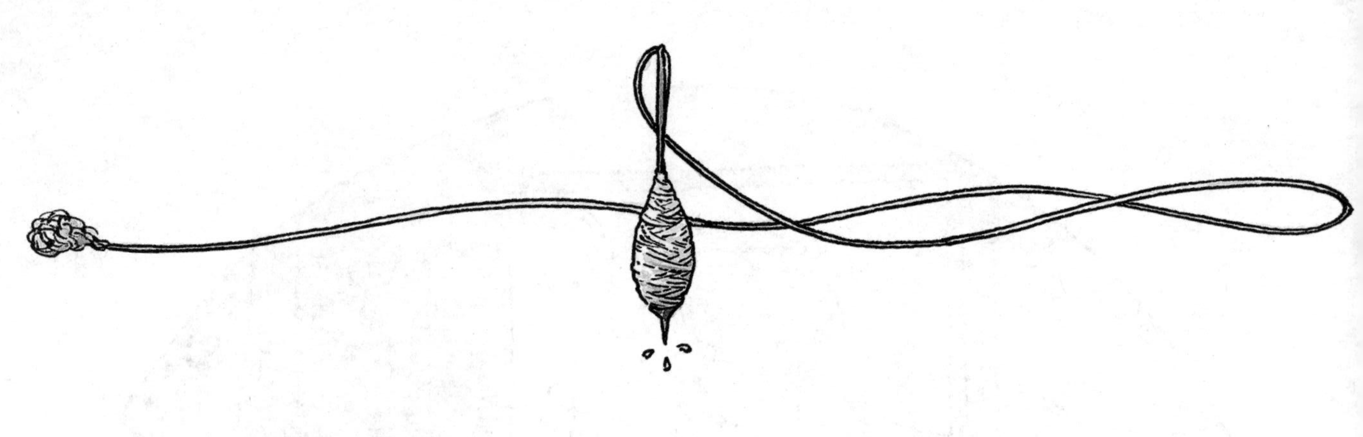

Cien años más tarde, un apuesto príncipe
andaba de cacería por aquellas tierras.
Se perdió y encontró el castillo donde
dormía la princesa encantada.

A hundred years later, a handsome young prince
was hunting in the kingdom.
He became lost.
Then he saw the castle where the princess was sleeping.

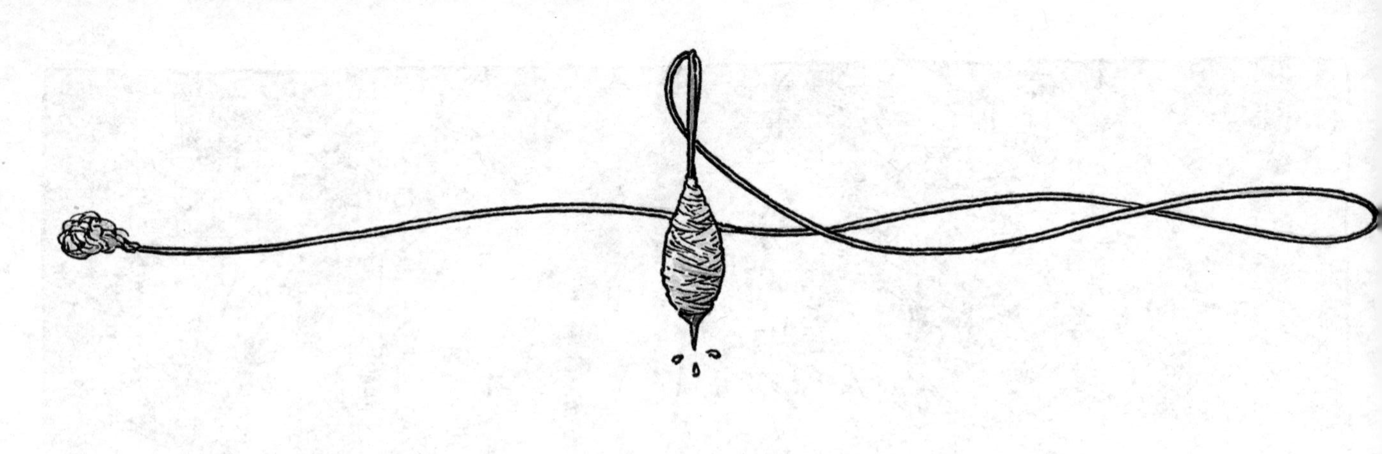

**Entró en el castillo y vio a la bella durmiente.
Era tan hermosa que no pudo resistirse y la besó.**

***The prince entered the castle
and discovered the Sleeping Beauty.
She was so beautiful that he kissed her.***

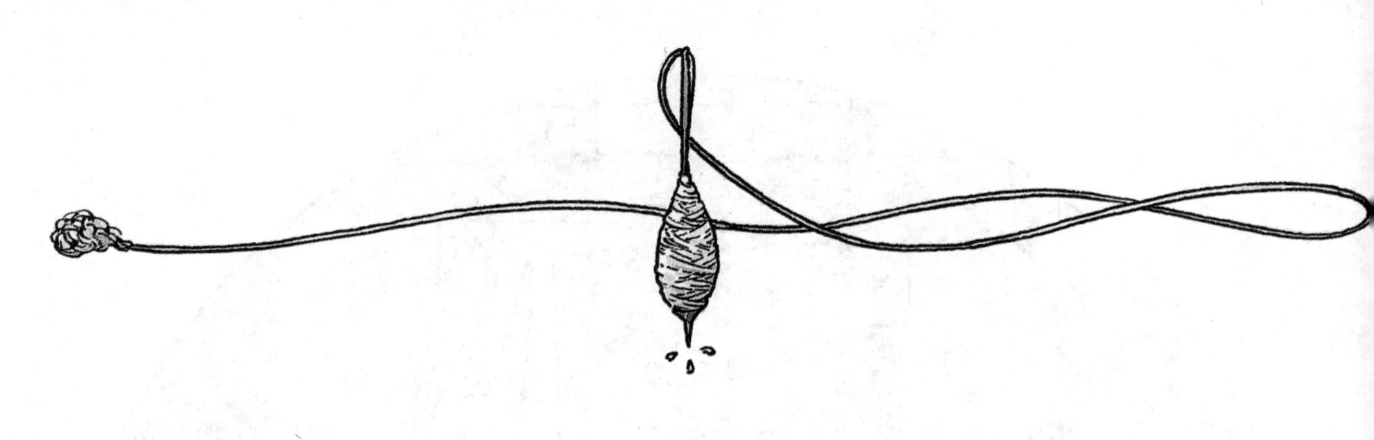

En aquel preciso instante, la princesa
despertó de su largo sueño. Maravillado por su belleza,
el príncipe le pidió que se casara con él.
Y vivieron felices para siempre.

At that moment, the princess woke up.
The prince was amazed by her beauty.
He asked her to marry him,
and they lived happily ever after.

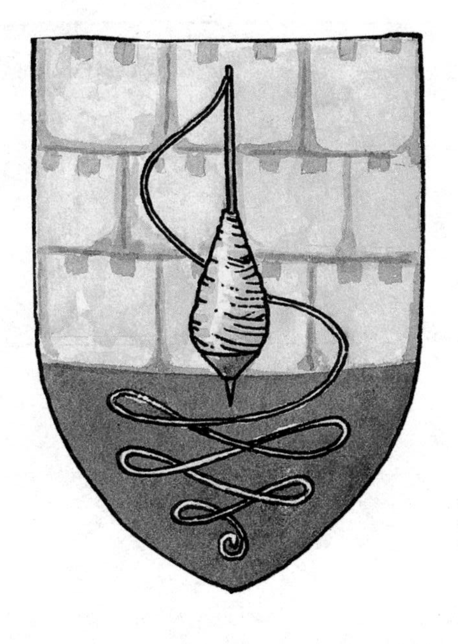

ISBN 0-439-87199-9

12 11 10 9 8 7 15 16 17 18 19/0

Printed in the U.S.A. 40

First Scholastic bilingual printing, September 2006